TARD...
STATION
AS PASSEE
ÇUE.
ALLO, LA POLICE ?
PRIVÉ
IT : EN BOUCLANT
ROUVAIT À SON
US LAISSER FILER...
FAC IL Y
FILLE A
ORIGINALE. M
CONNAIS, JE
UN HOMME D'
DE FLORIAN)
HEU.. OUI, BIEN SÛR !
CE JOUR-LÀ J'AI PU CONSTATE
VALAIT LA PEINE D'ESCALADE
APPRIS DEUX-TROIS CHOSES
IL N'Y AVAIT QU'UN PROF DE MON
OCCUPÉ À CORRIGER SES CO
MAIS TROIS FOIS RIEN
SUR L'ÉGLISE DU MIRAIL
ATTENTION
BUS
À
CONTRESENS
LE ROUX
PREMIÈRE OCCASION

ZAC
Médiathèque
de Chambéry
le 3 février 2024

Jacques Zacharie

Le manuscrit de Bordeaux

LA GESTE

Collection dirigée par Guy-Marie Renié

Jacques Zacharie

Le manuscrit de Bordeaux

LA GESTE

À Maïté

Préface

Tout a commencé par une conversation amusée de Jacques m'informant vouloir dessiner UNE planche de BD ; suivie d'un appel non moins amusé dans lequel il me déclarait suffisamment fantasque pour en être l'un des deux protagonistes.

Tout a commencé peut-être même avant, tandis que je quittais le Palazzo Vecchio de Florence où nous échangeâmes quelques messages dans lesquels nous nous voyions suivre les pas de Montaigne depuis Bordeaux en rejoignant cette Italie qui comme lui m'est si chère, à dos de cheval.

A y bien réfléchir d'ailleurs, tout a peut-être même commencé le jour où nous nous sommes rencontrés, il y a plusieurs années maintenant, au cours d'une parfaitement improbable soirée qui annonçait déjà que nous étions au moins aussi fantasques l'un que l'autre. Mais, après tout, qu'importe comment les choses ont commencé, l'essentiel étant qu'elles aient un jour commencé !

Le plus important ici, n'est-ce pas la façon dont elles se sont poursuivies ? Poursuivies par des rendez-vous, des visites impromptues, des poses photos qui l'étaient au moins tout autant et surtout des prises de vues de mon appartement où je me mettais debout sur une colonne pour atteindre un récipient inatteignable ; des risques en somme, du ridicule surtout !

Fantasque vous disais-je ! Pour mon plus grand bonheur, ces quelques séances de travail me permettaient de me plonger un peu plus à chaque instant dans les pas de Montaigne qui est, à n'en pas douter, le troisième héros de cette histoire savamment orchestrée autour d'une idée aussi originale que fausse : la disparition de l'essentiel du manuscrit des Essais dans l'incendie de son château à la fin du XIXe siècle et leur réapparition sur un marché bordelais. Il y a du Tardi dans cette histoire bien qu'il y en ait surtout dans ce dessin.

Car si l'histoire est fausse – je suis moins rentier qu'il le décrit, il est moins jeune désormais qu'il ne se croque – le dessin est vrai et son talent trouve son ampleur dans ces superbes vues de Bordeaux qui vous plongeront, lecteur, dans l'univers de ces photographes d'antan qui savaient en un clic capturer, l'espace d'un instant, l'instant dans l'espace.

Laissez-vous donc emporter dans cette histoire et surtout, surtout, ne lui en voulez pas plus que moi s'il a parfois omis ici un bouton de manchette sur ma chemise, là les boucles de mes chaussures ; son inexactitude ne rend son travail que plus véritable encore ; et bien qu'impardonnable sur ces erreurs ici rapportées, je n'ai pourtant qu'envie de lui dire merci ; d'abord d'une poignée de mains pour m'avoir fait héros de BD, ensuite d'une tendre accolade pour être mon ami.

Florian Geimot

NOUS SOMMES À BORDEAUX, UN MATIN D'HIVER, À LA FIN DES ANNÉES QUATRE-VINGT.
PLACE MEYNARD, QUE TOUT LE MONDE APPELLE PLACE SAINT-MICHEL.

J'ÉTAIS INTRIGUÉ PAR CETTE ÉGLISE DÉSAFFECTÉE DE LA RUE DU MIRAIL.
STAURANT
RESTA
Le Cave
ON POUVAIT EN VOIR LE CHEVET DEPUIS LE FOND DE CERTAINS APPARTEMENTS DU COURS VICTOR HUGO.
MAIS CÔTÉ FAÇADE IL N'Y AVAIT QU'UN RIDEAU DE FER, TOUJOURS BAISSÉ.
ÇA, UNE ÉGLISE ?...
POUR TÂCHER D'EN SAVOIR PLUS J'ALLAIS ME POSTER EN EMBUSCADE À QUELQUES PAS DE LÀ.
ES ARTS
Brasserie
PELFORTH

IL ÉTAIT ENCORE TÔT. J'AVAIS LE TEMPS.
IL N'Y AVAIT QU'UN PROF DE MONTAIGNE, OCCUPÉ À CORRIGER SES COPIES.
COMME À SON HABITUDE FLORIAN SURVINT À MIDI PILE.
AVANT MÊME LA RÉVOLUTION L'ÉGLISE SAINT-JACQUES DEVINT UN THÉÂTRE, PUIS UNE SALLE DE BAL, PUIS À NOUVEAU UNE ÉGLISE, PUIS UN ENTREPÔT, PUIS UN PARKING. JUSQU'À CE QU'UNE PIERRE DE LA VOÛTE S'ÉCRASE AU MILIEU DE LA NEF.
4

ET... CE N'EST PAS L'ÉGLISE OÙ LES NOUVEAUX MAIRES PRÊTAIENT SERMENT ?
AH NON ! L'ÉGLISE DE LA **JURADE**, OÙ CHAQUE NOUVEAU MAIRE **JURAIT** FIDÉLITÉ À LA VILLE, AU ROI ET À LA TERRE ENTIÈRE, C'ÉTAIT SAINT-ÉLOI, L'ÉGLISE D'À CÔTÉ.
PAR EXEMPLE C'EST LÀ OÙ MICHEL MONTAIGNE, À LA FIN DU XVIe SIÈCLE...
ÇA Y EST ! J'AI TROUVÉ !
QU'EST-CE QU'IL Y A ? QU'EST-CE QUI SE PASSE ?
L'AUTRE JOUR JE SUIS ALLÉ FURETER AU SALON DES ANTIQUAIRES.
MAIS JE CONFESSE AVOIR ESSENTIELLEMENT VISITÉ LES... HEU... LES BOUQUINISTES.

PARMI EUX, GUY TARDIEU. LA MINE TOUJOURS AUSSI PAPELARDE ET PLUS EXALTÉ QUE JAMAIS.
MONSIEUR FLORIAN ! CONTENT DE VOUS REVOIR !...
GRAND ATLAS
HMM... ÇA SENT LE TRAQUENARD... VOUS VOULEZ ENCORE M'EXTORQUER UNE SOMME EXHORBITANTE POUR UNE VIEILLE CHROMO ET TROIS DÉCALCOMANIES ?
PAS DU TOUT. JE VEUX VOUS MONTRER QUELQUE CHOSE.
MAIS CE N'EST PAS À VENDRE, DU MOINS PAS À VOUS.
A PARIS
QU'EST-CE QUE C'EST ? VOTRE PREMIÈRE LETTRE AU PÈRE NOËL ?
JE NE PEUX RIEN DIRE. MAIS DITES-MOI, **VOUS**, CE QUE VOUS EN PENSEZ. C'EST TRÈS SÉRIEUX.
BON ALORS VOYONS. NOUS AVONS DES FEUILLES DE PAPIER JAUNI, USÉ, PLIÉ, TACHÉ, TROUÉ... TOUT EST ÉCRIT À LA PLUME... UN TEXTE SERRÉ... LA MÊME ÉCRITURE PARTOUT, EN FRANÇAIS ANCIEN... XVIIe SIÈCLE ? PEUT-ÊTRE MÊME FIN XVIe ?
C'EST DIFFICILE À DÉCHIFFRER. L'ENCRE A BEAUCOUP PÂLI.

VOYONS-VOYONS. ESSAYONS TOUT DE MÊME : " CETTE PROPOSITION... POUR AVOIR ESTÉ UN PEU TROP LARGEMENT ET... INIURIEUSEMENT (FICHTRE !) INTER... PRÉTÉE, LE MIT AUTREFOIS ET TINT LONG TEMPS EN GRAND... ACCE...SSOIRE (!) À ROME, QU'IL LUY FACE TOUT PASSER PAR L'ESTAMINE (?) ET NE LOGE RIEN EN SA TESTE... PAR SIMPLE AUTHORITÉ... ET À CRÉDIT."
C'EST LIMPIDE : FIN SEIZIÈME. ET CE TEXTE ME DIT QUELQUE CHOSE. SI VOUS POUVIEZ M'ÉCLAIRER UN PEU, JUSTE UN PETIT PEU ...
TOUT CE QUE JE PEUX DIRE C'EST QUE VOUS ME FAITES TRÈS PLAISIR ET QUE CES PAPIERS VONT FAIRE DE MOI UN HOMME RICHE. TRÈS RICHE. SURTOUT QUE C'EST UN SIMPLE ÉCHANTILLON. IL Y A TOUT LE RESTE !
MAIS JE DEVIENS TROP BAVARD. TENEZ, CHER AMI, C'EST POUR VOUS. JE VOUS DOIS BIEN ÇA.
C'ÉTAIT UN OUVRAGE DE JEUNESSE DE SACHA GUITRY QUE JE CHERCHAIS DEPUIS QUE JE SAIS LIRE. INTROUVABLE.
ET ALORS ?
ALORS, TARDIEU M'A FAIT DÉCHIFFRER UN PASSAGE DES ESSAIS DE MONTAIGNE. SAUF QUE LE MANUSCRIT DES ESSAIS DE MONTAIGNE **N'EXISTE PLUS !**

TOUS SES ÉCRITS ONT DISPARU DANS L'INCENDIE DU CHÂTEAU FAMILIAL EN PÉRIGORD, AU DIX-NEUVIÈME.
MAIS IL RESTE L'EXEMPLAIRE DIT "DE BORDEAUX", ÉDITÉ EN 1580 DANS LA RUE D'EN FACE ET ABONDAMMENT ANNOTÉ PAR MONTAIGNE LUI-MÊME.
C'EST LA PIÈCE MAÎTRESSE DE LA BIBLIOTHÈQUE MUNICIPALE, LA MERVEILLE, LA PERLE RARE, LE JOYAU!... JE T'OFFRE UN THÉ ?
TU N'AURAIS PAS PLUTÔT UN VIEUX FOND D'ARMAGNAC ?

TARDIEU AURAIT DONC MIS LA MAIN SUR UN MANUSCRIT QUE TOUT LE MONDE CROIT PERDU. C'EST ÇA ?
C'EST ÇA.
ÇA DOIT VALOIR SON PESANT DE CACAHOUÈTES !
EN EFFET. TOUTES LES GRANDES BIBLIOTHÈQUES VOUDRONT L'ACQUÉRIR.

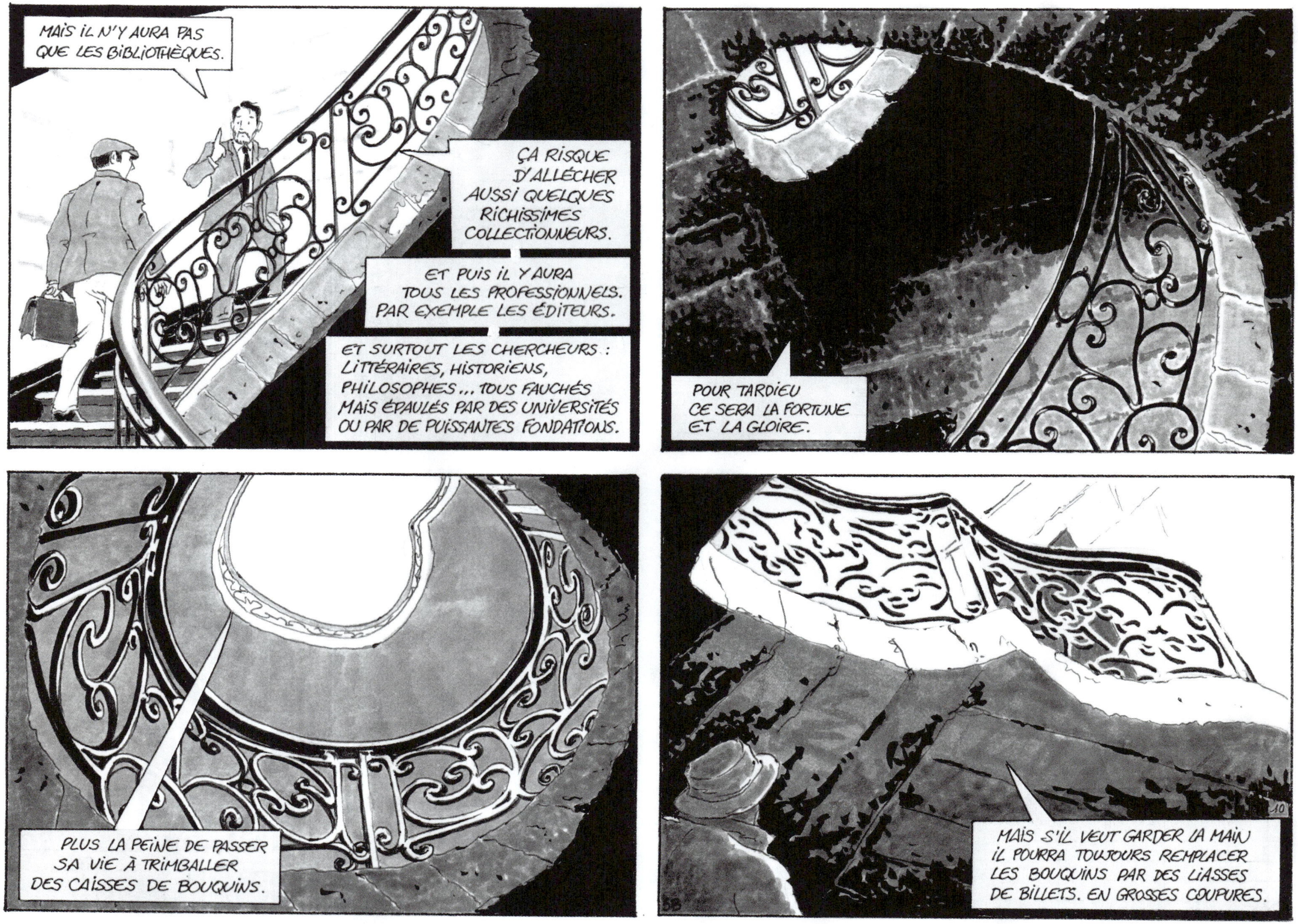
MAIS IL N'Y AURA PAS QUE LES BIBLIOTHÈQUES.
ÇA RISQUE D'ALLÉCHER AUSSI QUELQUES RICHISSIMES COLLECTIONNEURS.
ET PUIS IL Y AURA TOUS LES PROFESSIONNELS. PAR EXEMPLE LES ÉDITEURS.
ET SURTOUT LES CHERCHEURS : LITTÉRAIRES, HISTORIENS, PHILOSOPHES... TOUS FAUCHÉS MAIS ÉPAULÉS PAR DES UNIVERSITÉS OU PAR DE PUISSANTES FONDATIONS.
POUR TARDIEU CE SERA LA FORTUNE ET LA GLOIRE.
PLUS LA PEINE DE PASSER SA VIE À TRIMBALLER DES CAISSES DE BOUQUINS.
MAIS S'IL VEUT GARDER LA MAIN IL POURRA TOUJOURS REMPLACER LES BOUQUINS PAR DES LIASSES DE BILLETS. EN GROSSES COUPURES.

CE JOUR-LÀ J'AI PU CONSTATER QUE L'ARMAGNAC DE FLORIAN VALAIT LA PEINE D'ESCALADER TROIS ÉTAGES. J'AVAIS AUSSI APPRIS DEUX-TROIS CHOSES SUR MONTAIGNE...
MAIS TROIS FOIS RIEN SUR L'ÉGLISE DU MIRAIL.
ELLE ÉTAIT FERMÉE CÔTÉ FAÇADE MAIS ON POUVAIT SANS DOUTE Y ACCÉDER PAR L'ARRIÈRE, DEPUIS LA RUE VOISINE.
LA CITROËN SERAIT UN BON OBSERVATOIRE DES US ET COUTUMES DES AUTOCHTONES.
JE NOTAIS LES ALLÉES-VENUES, LES ENTRÉES ET SORTIES, L'HEURE DU FACTEUR... ET PUIS...!

LIBRAIRIE HACHETTE
12
ZAC

PLUS TARD, AU QUARTIER GÉNÉRAL DU PC DE BASE DE LA CELLULE DE CRISE DE L'ÉTAT MAJOR...
JE PENSE AVOIR TROUVÉ UN ACCÈS À L'ÉGLISE PAR UN IMMEUBLE DE LA RUE SAINT-FRANÇOIS. MAIS J'AI DÉCOUVERT AUSSI QUE TON AMI TARDIEU STOCKAIT SES LIVRES UN PEU PLUS LOIN, DANS UN ANCIEN ENTREPÔT DES ÉDITIONS HACHETTE.
POUR LUI C'EST PARFAIT : LA RUE DÉBOUCHE SUR LA PLACE SAINT-MICHEL, AVEC SON MARCHÉ À LA BROCANTE ET AUX LIVRES D'OCCASION TOUS LES DIMANCHES.
SACRÉ TARDIEU !
ET POUR L'ÉGLISE, JE COMPTE SUR TOI ?
BIEN SÛR, MAIS PAS AVANT UNE DIZAINE DE JOURS. JE PARS. UN PÈLERINAGE. EN ITALIE, SUR LES PAS DE GOETHE.
DE QUI ?
DE GOETHE, L'ÉCRIVAIN ALLEMAND. TU VOIS ?
HEU... NATÜRLICH !
TU AURAIS PU CHOISIR D'ALLER SUR LES PAS DE MONTAIGNE.
MMMH... LA PROCHAINE FOIS. À MON RETOUR, JE TE FAIS SIGNE.

IL NE RESTAIT PLUS QU'À PATIENTER.
JE FURETAIS UN PEU DANS LE QUARTIER...
JE PRESSENTAIS UN LIEN ENTRE TARDIEU,
SES PAPIERS, ET L'ÉGLISE DÉSAFFECTÉE.
ZAC

JE NE SAVAIS PAS POURQUOI,
MAIS CETTE IDÉE FAISAIT SON CHEMIN.
QUELQUES JOURS PLUS TARD...
APRÈS LE "PÈLERINAGE"...

ALLONS-Y.
ET DONC EN ARRIVANT EN TOSCANE, GOETHE... OH, PARDON !!!
PARDON-PARDON.
PARDON!
VOUS REFERMEREZ DERRIÈRE MOI.
PAS D'PROBLÈME.

PAS DE LUMIÈRE.
ON N'Y VOIT GOUTTE. COMME DIT GOETHE.
FAUT PAS SE FAIRE REPÉRER.
!
!
?
?
ZAC
17

HÉBÉHHH!!!
HÉ-LÀ !!! DOUCEMENT!
NON MAIS TU AS VU ÇA ?! JE VAIS LE...
DU CALME, POUR L'AMOUR DU CIEL, DU CALME. JE TE RAPPELLE QUE NOUS N'AVONS PAS TOUT À FAIT LE DROIT D'ÊTRE LÀ.
TU AS RAISON. ON CONTINUE.
UN CHAT NOIR. MAUVAIS PRÉSAGE ?

ON ESSAYE PAR ICI ?
ALLEZ...
EH BIEN NOUS Y VOILÀ. BELLE PORTE !
QUELQUE CHOSE ME DIT QU'ELLE N'EST PAS VERROUILLÉE.
19

HÉ ! VIENS VOIR !
?
!
!
SAPRISTI !!!
IL A UN PEU L'AIR MORT, NON ?
JE DIRAIS MÊME TRÈS MORT, TOUT À FAIT MORT !...
MAINS EN L'AIR !
POLICE !
20

REPRENONS : UN COUP DE FIL NOUS INFORME QUE DEUX INDIVIDUS...
GRANDS DIEUX, ON SE CROIRAIT SOUS VICHY !
JE DISAIS DONC : DEUX INDIVIDUS SUSPECTS VIENNENT DE S'INTRODUIRE PAR EFFRACTION DANS LE PARKING PRIVÉ...
... DANS L'ÉGLISE DE L'ANCIEN PRIEURÉ SAINT-JACQUES, MONSIEUR L'INSPECTEUR !
JE DIS BIEN "DANS LE PARKING PRIVÉ DU 10 RUE DU MIRAIL". ON ENVOIE UNE PATROUILLE, QUI VOUS SURPREND LÀ-DEDANS, AUX PIEDS D'UN CADAVRE ENCORE TIÈDE.

ET VOUS DÉCLAREZ QUE VOUS ÉTIEZ LÀ POUR...
DES RAISONS CULTURELLES, MONSIEUR L'INSPECTEUR.
JE DIRAIS MÊME PLUS : DES RAISONS CULTURELLES ET HISTORIQUES !
ET MOI JE DIRAIS QUE J'AI RAREMENT EU AUTANT L'IMPRESSION QU'ON SE FOUTAIT DE MOI.
VISIBLEMENT JEUNES GENS VOUS N'AVEZ AUCUNE IDÉE DE LA PROFONDEUR DU CLOAQUE DANS LEQUEL VOUS VOUS ENFONCEZ.
MONSIEUR L'INSPECTEUR, JE VOUS ASSURE QUE VOUS FAITES FAUSSE ROUTE. VOUS DEVRIEZ PLUTÔT CHERCHER DU CÔTÉ DE CE COUP DE FIL ANONYME.
MAIS BIEN SÛR CHER AMI, ALLEZ-Y !
VOUS GÊNEZ SURTOUT PAS ! J'ADORE QU'ON ME DISE COMMENT FAIRE MON MÉTIER.
22

LE DÉFUNT AVAIT DE VIEUX PAPIERS SUR LUI. ILLISIBLES.
ÇA VOUS DIT QUELQUE CHOSE ?
ET SON NOM ?... GUY TARDIEU ?...
COMMERÇANT... SPÉCIALISÉ DANS LES LIVRES D'OCCASION... ALORS ?.. TOUJOURS RIEN ?
HEUUUU...
MEUHHHH...
BON ALLEZ, ÇA SUFFIT.
TCHAKLUNK !
C'EST NOUS LES POULETS, C'EST VOUS QUI ÊTES AU POULAILLER. COCASSE, NON ?
JUSTE CIEL ! ON SE CROIRAIT SOUS L'INQUISITION !

N'EXAGERONS RIEN. D'AILLEURS CE SOIR LE BRIGADIER AJOUTERA DEUX FEUILLES DE SALADE À VOTRE QUIGNON DE PAIN ET VOTRE CRUCHE D'EAU.
LE LENDEMAIN MATIN...
MESSIEURS!... CROYEZ BIEN QUE J'EN SUIS SINCÈREMENT DÉSOLÉ, MAIS...
VOUS ME VOYEZ DANS L'OBLIGATION DE VOUS REMETTRE EN LIBERTÉ.
D'ABORD LE CITOYEN TARDIEU: IL EST MORT... DE LUI-MÊME! LE LÉGISTE EST FORMEL: CRISE CARDIAQUE. ENSUITE MADAME LATASTE, LA PROPRIÉTAIRE DE L'ÉGLISE. SUITE À VOTRE INTRUSION, ELLE CHOISIT DE NE PAS PORTER PLAINTE.
DONC, VOUS ÊTES LIBRES.
24

NOUS SOMMES VOMIS PAR LA GUEULE DE L'ENFER!
AU FOND CET INSPECTEUR EST BEAUCOUP MOINS BRUTE QU'IL VEUT PARAÎTRE.
POLICE
AU MÊME INSTANT...
BON. CES DEUX SALTIMBANQUES VOUS NE LES LACHEZ PAS. SURTOUT PAS.
ET MOI JE VAIS ESSAYER DE TROUVER CE QU'IL Y A DANS CES VIEUX PAPIERS.
ET LE SOIR-MÊME...
À PART MOURIR QU'EST-CE QUE TARDIEU EST ALLÉ FAIRE DANS L'ÉGLISE ?
...AVEC QUELQUES FEUILLES DE SON MANUSCRIT!
IL DEVAIT AVOIR RENDEZ-VOUS AVEC LE TYPE QUI NOUS A BOUSCULÉS DANS LE COULOIR.
SANS DOUTE. ET MAINTENANT ? QU'EST-CE QU'ON FAIT ?

POURQUOI NE PAS RENDRE UNE PETITE VISITE DE POLITESSE À LA PROPRIÉTAIRE DE L'ÉGLISE ?
!
HEUUUU... POURQUOI PAS ?! L'INSPECTEUR A DIT SON NOM À UN MOMENT : MADAME "LA-QUELQUE-CHOSE". LAROCHE ?
LACAILLE ?...
LABORDE ?...
LAPLAGNE ?...
LAPLACE ?...
LAPOUJE ?...
LATAPIE ?...
LALANDE ?...
LE LENDEMAIN MATIN...
FINALEMENT ILS ONT RÉUSSI À RETROUVER LE NOM.
MAIS C'EST PAS TOUT. ILS ONT DEMANDÉ L'ANNUAIRE À UN SERVEUR ET ILS ONT AUSSI TROUVÉ L'ADRESSE.
TRÈS BIEN LEMERCIER TRÈS-TRÈS BIEN. ET ENSUITE ?
ENSUITE, ILS ONT DÉCIDÉ DE SE RETROUVER CHEZ LA PROPRIO, CET APRÈS-MIDI, À L'HEURE DU THÉ !...
26

BONJOUR MADAME. VOUS HEU...
VOUS ÊTES MADAME LATASTE, PEUT-ÊTRE ?
ÇA, ÇA M'ÉTONNERAIT. ET VOUS ? VOUS ÊTES QUI ?
EH BIEN C'EST NOUS QUI AVONS TROUVÉ LE CORPS DE MONSIEUR TARDIEU.
ET NOUS AIMERIONS REMERCIER MADAME LATASTE DE...
MOUAIS... AVEC LE BOUQUET DE BÉGONIAS ET LE BALOTIN DE CHOCOLATS ÇA DEVRAIT ALLER.

TANTINE ! TU AS LA VISITE DES DEUX HOMMES QUI ONT TROUVÉ LE CADAVRE DE TARDIEU !
ON PEUT DIRE QU'ILS NE MANQUENT PAS DE CULOT, CES DEUX-LÀ ! !?!
MESSIEURS, JE NE VOUS FÉLICITE PAS. S'INTRODUIRE AINSI CHEZ AUTRUI !...
MAIS DE LÀ À ME PLAINDRE À LA FLICAILLERIE... ON A DES PRINCIPES TOUT DE MÊME !
BON. PUISQUE VOUS ÊTES LÀ INSTALLEZ-VOUS. MA NIÈCE VA S'OCCUPER DES PÉTUNIAS,
...ET VOUS ALLEZ M'EXPLIQUER CE QUI VOUS AMÈNE. JE SUPPOSE QUE VOUS N'ÊTES PAS VENUS POUR ME PRÉSENTER VOS CONDOLÉANCES SUITE À LA MORT DE CE PAUVRE TARDIEU.
VOUS LE CONNAISSIEZ ?
PAS VRAIMENT. QUAND MON DERNIER MARI (QUI ÉTAIT DIPLOMATE) A CESSÉ SES ACTIVITÉS, IL A UTILISÉ L'ÉGLISE POUR Y ENTREPOSER SES ARCHIVES ET DU MOBILIER DE BUREAU.
ZAC

APRÈS SON DÉCÈS IL Y A DEUX ANS J'AI FAIT APPEL À CE BOUQUINISTE POUR ME DÉBARRASSER DE TOUTES LES PAPERASSES. IL A DU EN PROFITER POUR SE FAIRE UNE CLÉ DE LA PETITE PORTE DE DERRIÈRE.
MAIS PUIS-JE VOUS OFFRIR UN THÉ ? NOUS EN AVONS UN BEL ASSORTIMENT.
HEU... NON MERCI, SANS FAÇONS.
MA FOI... PEUT-ÊTRE AVEZ-VOUS DU MALSHERBES, UN THÉ FRANÇAIS DE CHEZ BETJEMAN ET BARTON ?...
BIEN JOUÉ. C'EST LE PRÉFÉRÉ DE TANTINE.
ET... VOUS SAVIEZ QU'IL CONTINUAIT À SE RENDRE DANS VOTRE ÉGLISE ?
VOUS AVEZ UNE IDÉE DE CE QU'IL POUVAIT Y FAIRE ?
J'IGNORE TOTALEMENT CE QUI SE PASSAIT DANS MON ÉGLISE MAIS ÇA NE DEVAIT PAS ÊTRE TRÈS CATHOLIQUE.
SI MONSIEUR TARDIEU EST ALLÉ Y DÉFUNTER C'EST QU'IL DEVAIT AVOIR BEAUCOUP À SE REPROCHER.

ET VOUS SAVEZ S'IL AVAIT UN ASSOCIÉ, UN COMPLICE?
OU AU CONTRAIRE UN ADVERSAIRE, UN RIVAL? PAR EXEMPLE UN HOMME PAS TRÈS GRAND, AVEC UNE ESPÈCE DE GABARDINE, UN CHAPEAU INFORME, DES LUNETTES...
ÉCOUTEZ, JE NE SAIS QUASIMENT RIEN DE CET INDIVIDU. J'AI DÛ LE RENCONTRER TROIS-QUATRE FOIS APRÈS LA MORT DE MON MARI POUR CES HISTOIRES DE VIEUX PAPIERS. C'EST TOUT.
BON. MAINTENANT QUE VOUS AVEZ LE THÉ JE GOÛTERAIS BIEN LES CHOCOLATS, AVEC, PEUT-ÊTRE, UN PETIT VERRE DE COGNAC. SI QUELQU'UN EST INTÉRESSÉ...
TANTINE EN A UN BEL ASSORTIMENT.
MA FOI...
CETTE VISITE NOUS A DONC APPRIS QUE "TANTINE" LATASTE ET SA NIÈCE SAVAIENT AUSSI BIEN RECEVOIR UN AMATEUR D'EAU CHAUDE QU'UN AMATEUR D'EAU-DE-VIE.
MAIS NOUS N'AVONS QUASIMENT RIEN APPRIS SUR TARDIEU, ET ENCORE MOINS SUR SON MANUSCRIT DE MONTAIGNE.
QU'IMPORTE! NOTRE CURIOSITÉ RESTAIT INTACTE.
30

UN PEU PLUS TARD...
FINALEMENT C'ÉTAIT UN CHOUETTE MOMENT.
C'EST VRAI. MAIS IL FAUDRAIT TROUVER UNE NOUVELLE PISTE.
JE CROIS QU'IL ME SEMBLE QUE JE NE VAIS PEUT-ÊTRE PAS TARDER À AVOIR UNE PETITE IDÉE.
À LA FAC IL Y AVAIT UNE FILLE ASSEZ... ORIGINALE. MOI, TU ME CONNAIS, JE SUIS UN HOMME D'ACTION.
HEU... OUI, BIEN SÛR !
J'AI DONC FAIT JOURNALISTE-REPORTER-PHOTOGRAPHE. ELLE, TOUT LE CONTRAIRE. ELLE AVAIT UNE SEULE PASSION, LES LIVRES. DE PRÉFÉRENCE LES VIEUX BEAUX LIVRES.
ELLE RÊVAIT DE PASSER SA VIE AU MILIEU DES BOUQUINS. RÉSULTAT, ELLE EST BIBLIOTHÉCAIRE...
... AU LYCÉE MONTAIGNE !
!

J'AVAIS GARDÉ LE TÉLÉPHONE DE MARIANNE DASHWOOD.
NOUS AVONS PRIS RENDEZ-VOUS.
CHÈRE MARIANNE!
HELLO ZAC!... MONSIEUR FLORIAN... NOTRE AMI ZAC M'A PARLÉ DE VOUS. IL PARAÎT QUE VOUS AIMEZ LES LIVRES ?
IL ME SEMBLE QUE JE VIENS D'ENTRER DANS L'ANTICHAMBRE DU PARADIS.

OUI, C'EST UN PEU CE QUE JE RESSENS, CHAQUE MATIN.
QUEL BEL ENDROIT ! ÇA SENT LE BOIS, LE PAPIER, L'ENCRE, LE CUIR, LA CIRE...
SNIF SNIF
EN EFFET. CES JOURS-CI JE CIRE NOS ATLAS. NOUS EN AVONS UN BEL ASSORTIMENT.
ÇA CHANGE DES INFUSIONS ET DES LIQUEURS.
VOILÀ PAR EXEMPLE UN VIDAL-LABLACHE DE 1894.
UN OUVRAGE IDÉAL POUR VOYAGER DANS LE TEMPS ET DANS L'ESPACE. JE SUPPOSE QUE VOUS UTILISEZ LA CIRE 213 DE LA BNF, À BASE D'HUILE DE PIED DE BOEUF ?
IL N'EN EST PAS DE MEILLEURE POUR RÉHYDRATER LE CUIR ET PRÉSERVER LA SOUPLESSE DES RELIURES.

ÇA N'A PAS L'AIR DE CAPTIVER VOTRE COMPLICE.
C'EST VRAI. LES VIEILLES PIERRES M'INTÉRESSENT DAVANTAGE.
EXEMPLE, CE LYCÉE TRÈS... MAJESTUEUX.
JE CROIS QUE CE FUT LE DERNIER GRAND CHANTIER DE CHARLES BURGUET, DANS LES ANNÉES 1870.
ET CETTE CHEMINÉE ! TOUTE EN MARBRE DE SARRANCOLIN, EN VALLÉE D'AURE, DANS LES HAUTES PYRÉNÉES...
ET CE BUSTE DE MONTAIGNE ?...
UN PLÂTRE... PEUT-ÊTRE UNE COPIE D'UN MARBRE DE MAGGESI?...

OUI ALORS JUSTEMENT À CE SUJET SI NOUS POUVIONS... COMMENT DIRE?... ESSAYER...
OH ! C'EST VRAI ! LES ESSAIS ! MALHEUREUSEMENT JE NE SUIS PAS SÛRE DE POUVOIR VOUS AIDER.
VOUS EN SAVEZ AUTANT QUE MOI : LES DOCUMENTS ORIGINAUX DÉTRUITS DANS L'INCENDIE DU CHÂTEAU FAMILIAL, L'EXEMPLAIRE ANNOTÉ DE LA BIBLIOTHÈQUE DE BORDEAUX...
MAIS AU LYCÉE NOUS AVONS UN TRÈS GRAND SPÉCIALISTE, LE PROFESSEUR GIRAUD. IL ÉTUDIE CE SUJET DEPUIS DES ANNÉES.
ET NOUS POUVONS VOIR CE MONSIEUR ?
SANS DOUTE. JE L'AI CROISÉ JUSTE AVANT VOTRE ARRIVÉE. IL NE DOIT PAS ÊTRE BIEN LOIN.
OH!
?
?
!

MONSIEUR GIRAUD !!!
NOUS POUVONS VOUS PARLER, QUELQUES INSTANTS ?
!
?
MAIS C'EST LE TYPE DU COULOIR, LE BOUSCULEUR !
!
!
!
!

MONSIEUR FLORIAN POUVEZ-VOUS M'EXPLIQUER ?...
VOLONTIERS. EH BIEN LE PROFESSEUR A PRIS LA FUITE ET NOTRE AMI VA LE RATTRAPER.
IL A BESOIN DE SOIGNER SA RÉPUTATION D'HOMME D'ACTION.
!
!

ET LÀ, MONSIEUR FLORIAN?
EH BIEN DE TOUTE ÉVIDENCE NOUS AVONS AFFAIRE À UN BOUSCULEUR-POURSUIVEUR. MAIS JE NE SAURAIS EN DIRE PLUS. J'EN SUIS NAVRÉ.

IL Y A BIEN UN MOMENT OÙ ÇA VA S'ARRÊTER DE MONTER !
ET ALORS...
39

LÀ, IL VA FALLOIR S'EXPLIQUER !
QUE S'EST-IL PASSÉ DANS L'ÉGLISE, AVEC TARDIEU ET LES PAPIERS DE MONTAIGNE ?
FICHEZ-MOI LA PAIX ! C'ÉTAIT... UN ACCIDENT !

STOP! POLICE! ON NE BOUGE PLUS!
LA POLICE ?!!! NON! JE VEUX PAS! LAISSEZ-MOI TRANQUILLE!
ALLEZ, TERMINUS, TOUT LE MONDE DESCEND.
DU CALME, MESSIEURS, DU CALME!
NON, NON! N'APPROCHEZ PAS !!!
AAAAAA!!!
!
!
!
!

MESSIEURS, VOUS CONTINUEZ À VOUS ENFONCER DANS LES ABYSSES D'UN OCÉAN DE MÉLASSE.
VOUS VOILÀ MAINTENANT LIÉS À DEUX MORTS VIOLENTES SURVENUES DANS DES LIEUX OÙ VOUS N'AVIEZ RIEN À FAIRE.
UNE ANCIENNE ÉGLISE ET LE TOIT D'UN LYCÉE.
QUANT À L'INSPECTEUR LEMERCIER, S'IL ARRIVE À SE RESSAISIR ET S'IL RESTE DANS LA POLICE,
IL POURSUIVRA PEUT-ÊTRE SA CARRIÈRE DU CÔTÉ DE CHÂLONS-SUR-MARNE, OU EN MEURTHE-ET-MOSELLE. BON. REPRENONS.
VOUS PAR EXEMPLE. JE N'AI PAS TRÈS BIEN SAISI CE QUE VOUS FAITES DANS LA VIE.
JE SUIS VICOMTE ... ET RENTIER.
RENTIER ! C'EST-À-DIRE ?
C'EST-À-DIRE QUE JE GÈRE LES BIENS À MOI LÉGUÉS PAR DE RICHES AÏEUX.
AUTREMENT DIT, MONSEIGNEUR NE FICHE RIEN, VOUS ÊTES UN OISIF.
DÉTROMPEZ-VOUS... J'ÉCRIS.
VOUS ÉCRIVEZ ! ET... PEUT-ON SAVOIR CE QUE VOUS "ÉCRIVEZ" ?
EH BIEN CES TEMPS-CI J'ENTAME LE TROISIÈME VOLUME DE MA BIOGRAPHIE DE SACHA GUITRY.

QUOI ??? VOUS ÉCRIVEZ SUR SACHA GUITRY ?!
EH BIEN...
PATRON! ON A LE RAPPORT DU TOUBIB!
"ATTENDS MON AMI! JUSTE UN MOT !!!"
"ADORE TON MÉTIER, C'EST LE PLUS BEAU DU MONDE. LE PLAISIR QU'IL TE DONNE EST DÉJÀ PRÉCIEUX MAIS SA NÉCESSITÉ RÉELLE EST PLUS PROFONDE:"
"IL APPORTE L'OUBLI DES CHAGRINS ET DES MAUX,"
"ET ÇA, VOIS-TU, C'EST ENCOR' MIEUX."

LE MALHEUREUX, IL DÉLIRE !
PAS TANT QUE ÇA. EN VÉRITÉ IL S'AGIT D'UN TRÈS BEAU TEXTE DE GUITRY QUI PARLE DU MÉTIER DE COMÉDIEN.
SUIVEZ-MOI, CAMARADES !
"C'EST MIEUX QUE TOUT, C'EST MAGNIFIQUE ET TU VERRAS, TU VERRAS CE QUE C'EST QU'UNE SALLE QUI RIT, TU L'ENTENDRAS ! ÇA C'EST UNIQUE, MON CHÉRI !"
"OH ! LE BRUIT QUE ÇA FAIT, TU VERRAS, C'EST TRÈS BEAU ! IMAGINE UN TRÈS GRAND SILENCE, ON VIENT DE LEVER LE RIDEAU..."
"UN SILENCE ABSOLU, COMPLET... ON ENTENDRAIT VOLER UN IMPRESARIO..."
!
"SOUDAIN, TU VIENS DE FAIRE UNE CHOSE QUI PLAÎT, UN GESTE INATTENDU, COMIQUE... ET ÇA COMMENCE... TOUT À COUP !"
"CAR ÇA COMMENCE D'UN SEUL COUP ! ET VOILÀ LE SILENCE ROMPU QUI VOLE EN MILLE ÉCLATS !"

" LE PUBLIC S'ABANDONNE À L'IMMENSE RAFALE QUI GRONDE ET LE SECOUE !... ET LE RIRE AU GALOP QUI TRAVERSE LA SALLE EMPORTE TOUT. "
ET VOILÀ.
ALORS LÀ !!!...
ATTENTION
BUS
A
LEROUX
À LA PREMIÈRE OCCASION J'OFFRE LE RESTO... POUR TOI ET MADEMOISELLE DASHWOOD.
AU MÊME MOMENT...
VOUS LES AVEZ RELÂCHÉS ?! J'ESPÈRE QUE VOUS SAVEZ CE QUE VOUS FAITES.
NE VOUS INQUIÉTEZ PAS. JE SAIS FAIRE LA DIFFÉRENCE ENTRE LES TRUANDS, LES ESCROCS, LES FOUS, LES AMOUREUX ET... LES POÈTES.

SANS DOUTE. MAIS AVEC VOS ARTISTES NOUS AVONS DEUX CADAVRES SUR LES BRAS.
PAS QUESTION D'EN AVOIR UN TROISIÈME. SURTOUT SI C'EST UN PENDU À LA GROSSE CLOCHE, UN IMMOLÉ DANS LE GRAND THÉÂTRE OU QUELQUE CHOSE DU MÊME GENRE.
QUELQUES JOURS PLUS TARD, AU PC DE BASE DU QUARTIER GÉNÉRAL DE L'ÉTAT MAJOR DE LA CELLULE DE CRISE...
FLORIAN NOUS A SORTIS DES GRIFFES DE LA POLICE DE FAÇON TRÈS... THÉÂTRALE.
QUE VOULEZ-VOUS, CERTAINS SONT DOUÉS POUR L'ACTION, CERTAINS ONT D'AUTRES TALENTS.
ET VOTRE NOUVEL AMI POLICIER, OÙ EN EST-IL ?
IL A DÉCOUVERT QUE C'EST LE PROFESSEUR QUI NOUS A DÉNONCÉS QUAND NOUS ÉTIONS DANS L'ÉGLISE.
APRÈS LA BOUSCULADE DANS LE COULOIR IL A TOURNÉ AU COIN DE LA RUE ET S'EST ENGOUFFRÉ DANS UN BISTROT.
BAR BASQUE BRASSERIE
BAR BASQUE
46

SA PRESTATION N'EST PAS PASSÉE INAPERÇUE.
ALLO, LA POLICE ?
PRIVÉ
SURTOUT AUPRÈS DE LA TENANCIÈRE DE CE RESPECTABLE ÉTABLISSEMENT.
ELLE A TOUT ENTENDU ET A TOUT RACONTÉ AUX ENQUÊTEURS. LE PROFESSEUR A ENVOYÉ LA POLICE SUR NOS TALONS, DE PEUR QUE LA MORT DE TARDIEU RETOMBE SUR LUI.
VOILÀ DONC UN MYSTÈRE ÉCLAIRCI. MAIS PAR QUELLE MÉCANIQUE LE PROFESSEUR ET LE BOUQUINISTE SE SONT-ILS RETROUVÉS AUTOUR DU MANUSCRIT DES ESSAIS ?...
STOP ! ÇA Y EST ! J'Y SUIS ! FLORIAN ! C'EST À CAUSE DE TOI !!!
QUOI ?!

DISONS QUE C'EST NOTRE FAUTE. MAIS ON N'Y PEUT RIEN. ÇA S'EST PASSÉ ICI !... QUAND JE T'AI QUESTIONNÉ SUR L'ÉGLISE DU MIRAIL.
TU TE SOUVIENS SANS DOUTE : NOUS ÉTIONS INSTALLÉS EXACTEMENT AUX MÊMES PLACES.
IL SE TROUVE QUE LE PROF ÉTAIT JUSTE DERRIÈRE TOI. JE L'AVAIS VAGUEMENT REMARQUÉ EN ENTRANT.
C'EST VRAI, MONSIEUR GIRAUD AIMAIT BIEN S'INSTALLER AU CAFÉ DES ARTS POUR TRAVAILLER.
ALORS QUAND TU AS PARLÉ DE MONTAIGNE, DU MANUSCRIT DES ESSAIS, DE "L'EXEMPLAIRE DE BORDEAUX"... IL A TOUT ÉCOUTÉ.

IL A DÛ NOUS SUIVRE JUSQU'À CHEZ TOI ET ENTENDRE TOUT CE QU'ON DISAIT AU SUJET DE TARDIEU... VOILÀ !
APRÈS LE REPAS NOUS AVONS RACCOMPAGNÉ MISS DASHWOOD À SON LYCÉE.
ET J'AI RACCOMPAGNÉ FLORIAN.
SI L'ON EN CROIT LES TOUTES DERNIÈRES ESTIMATIONS IL DEVRAIT TE RESTER UN VIEUX FOND D'ARMAGNAC.

RIEN DE TEL QU'UN BON RESTO ENTRE AMIS POUR ÉLUCIDER LES MYSTÈRES.
MAIS IL RESTE LE MYSTÈRE DU MANUSCRIT.
JE TE RAPPELLE QUE J'AI EU ENTRE LES MAINS DES FEUILLES DE PAPIER POUR LESQUELLES DEUX HOMMES SONT MORTS. QUE SAVONS-NOUS DE CES DOCUMENTS ?...
... HORMIS LE FAIT QUE LA POLICE LES A TROUVÉS AVEC LE CADAVRE DE TARDIEU.
TOC TOC TOC !
TU ATTENDS QUELQU'UN ?
PAS À MA CONNAISSANCE. VOYONS CE QUE C'EST.
MADAME ?...
MESSIEURS... LE MANUSCRIT DE MONTAIGNE, C'EST MOI.
!?

C'EST-À-DIRE QUE JE... COMMENT DIRE ?... VOUS COMPRENEZ ?...
OUI, FORT BIEN.
MAIS VEUILLEZ VOUS DONNER LA PEINE D'ENTRER. ET PRENEZ PLACE. JE VAIS TOUT D'ABORD VOUS SERVIR UN "WELCOME DRINK" COMME ON DIT, JE CROIS.
?!
C'EST RARE MAIS PARFOIS SON CÔTÉ HOMME D'ACTION REPREND LE DESSUS.
VOILÀ. UNE BOISSON À LA FOIS APPAISANTE ET REVIGORANTE À BASE D'INGRÉDIENTS PÉRUVIENS ET PÉRIGOURDINS.
EH BIEN VOILÀ : JE M'APPELLE CLÉO STEIN. JE SUIS ARTISTE... JE PEINS DES COMPOSITIONS CALLIGRAPHIQUES.
DES COMPOSITIONS CALLIGRAPHIQUES ?
OUI. J'ENTREMÊLE DES ÉCRITURES, RÉELLES OU IMAGINAIRES, DES TYPOGRAPHIES, DES SIGNES, DES SYMBOLES...

Redis Quiescat x. II E faciebat Zacharias Paulus Magnus . Augustus

CET AUTOMNE J'AI FAIT UNE EXPOSITION DANS UNE LIBRAIRIE DE QUARTIER.
Librairie Olympique *
CORDONNER
AU VERNISSAGE IL Y AVAIT UN HOMME...
IL A TOUT REGARDÉ, LONGUEMENT.
MADEMOISELLE, GUY TARDIEU. TRÈS HEUREUX.
IL A ATTENDU QUE TOUT LE MONDE SOIT PARTI POUR M'ABORDER ET ME DIRE QU'IL AIMAIT BEAUCOUP CE QUE JE FAISAIS, ETC. APRÈS LE BARATIN IL M'A PARLÉ D'UN TRAVAIL QU'IL POUVAIT ME PROPOSER. "TRÈS CONFIDENTIEL" A-T-IL PRÉCISÉ. COMME J'AI DU MAL À M'EN SORTIR, J'AI ACCEPTÉ. IL S'AGISSAIT D'ÉCRIRE UN TEXTE DANS UN STYLE CALLIGRAPHIQUE BIEN PARTICULIER. QUELQUES JOURS PLUS TARD, CHEZ MOI, IL M'A FAIT FAIRE UN ESSAI À PARTIR D'UN VAGUE MODÈLE.

COMME IL N'ÉTAIT PAS MÉCONTENT DU RÉSULTAT, NOUS SOMMES PASSÉS À L'ACTION.
AU SANGLIER DE RUSSIE
67
IL M'A DONNÉ DE L'ARGENT POUR ACHETER QUELQUES FOURNITURES.
POUR UNE FOIS J'AI PU ME PAYER CE QU'IL Y A DE MIEUX.
Raphaël
TARDIEU S'EST CHARGÉ DE ME FOURNIR LE PAPIER. IL A ÉCUMÉ LES BIBLIOTHÈQUES POUR Y FAUCHER LES PAGES DE GARDE OU LES FEUILLES VIERGES DES LIVRES ANCIENS.

IL A FAIT LES BIBLIOTHÈQUES...
ARCHIVES
MAIS AUSSI LES ARCHIVES DÉPARTEMENTALES, MUNICIPALES...
IL SE DÉBROUILLAIT BIEN, TRÈS BIEN. PAR EXEMPLE À LA BIBLIOTHÈQUE DE LA FAC DE MÉDECINE IL A TROUVÉ DEUX CAHIERS. **INTACTS** !
UN PETIT MIRACLE.
EN IMPRIMERIE LE "CAHIER" EST UNE GRANDE FEUILLE QUI, UNE FOIS PLIÉE, DONNE HUIT PAGES.

CE SONT CES FEUILLETS QU'IL VOUS A MONTRÉS EN AFFIRMANT QU'IL Y EN AVAIT DES QUANTITÉS. IL A FAIT PAREIL AVEC LE PROFESSEUR.
EN FAIT IL BLUFFAIT. MAIS JE NE SAIS PAS COMMENT TARDIEU A RENCONTRÉ LE PROFESSEUR GIRAUD.
C'EST NOUS QUI AVONS MIS LE PROFESSEUR SUR LA PISTE DU BOUQUINISTE. SANS LE FAIRE EXPRÈS.
NOUS, NOUS SAVONS.
ET VOUS, SAVEZ-VOUS POURQUOI TARDIEU EST MORT ?
CE N'EST PAS DIFFICILE À DEVINER : LES DEUX HOMMES SE SONT VUS DEUX-TROIS FOIS DANS L'ÉGLISE.
TARDIEU A FAIT CROIRE À GIRAUD QU'IL AVAIT TROUVÉ LE MANUSCRIT SOUS LE PLANCHER EN DÉBARRASSANT DE VIEUX MEUBLES ET DES CARTONS D'ARCHIVES.

LORS DE LEUR DERNIER RENDEZ-VOUS LES DEUX HOMMES ONT DÛ SE DISPUTER. PEUT-ÊTRE MÊME SE BATTRE. TARDIEU AVAIT UNE SANTÉ DÉPLORABLE. IL ÉTAIT AU BOUT DU ROULEAU. SON COEUR A LACHÉ.
DOMMAGE. IL AVAIT TROUVÉ L'EXPERT QU'IL FALLAIT POUR AUTHENTIFIER VOS PAPIERS.
DE SON CÔTÉ GIRAUD AVAIT TROUVÉ DE QUOI ASSOUVIR SA PASSION ET COURONNER SA CARRIÈRE. RÉSULTAT, ILS SONT MORTS TOUS LES DEUX ET VOUS AVEZ PERDU VOTRE HEU... EMPLOYEUR. MAIS COMMENT M'AVEZ-VOUS TROUVÉ ?
TARDIEU M'AVAIT TOUT RACONTÉ. IL ÉTAIT FIER D'AVOIR TROMPÉ UN ÉRUDIT COMME VOUS. MAIS DEPUIS SA MORT J'AI PEUR QUE LA POLICE
REMONTE JUSQU'À MOI. J'AI PENSÉ QUE VOUS POUVIEZ M'AIDER. J'AI TROUVÉ VOTRE ADRESSE DANS L'ANNUAIRE. VOILÀ.
MMMH... C'EST BON. JE PROPOSE D'INTERCÉDER EN VOTRE FAVEUR AUPRÈS DE L'INSPECTEUR CHARGÉ DE L'AFFAIRE.
FLORIAN A DONC NÉGOCIÉ AVEC SON COPAIN DE LA POLICE : "LA CLÉ DE L'ENQUÊTE EN ÉCHANGE DE VOTRE INDULGENCE". ADJUGÉ.
MONSEIGNEUR A POUSSÉ L'ESPRIT CHEVALERESQUE JUSQU'À ESCORTER MADEMOISELLE STEIN.

DEUX-TROIS JOURS PLUS TARD...
BURDIGALA
TOUT LE MONDE POUVAIT ÊTRE SATISFAIT : EN BOUCLANT L'AFFAIRE EN DOUCEUR L'INSPECTEUR PROUVAIT À SON PATRON QU'IL AVAIT EU RAISON DE NOUS LAISSER FILER...
GRÂCE À L'INTERVENTION DE MONSIEUR LE VICOMTE LA PAUVRE DEMOISELLE N'ALLAIT PAS FINIR SES JOURS DANS UN CACHOT.
MAIS MOI J'AVAIS ENCORE UNE PETITE IDÉE QUI COMMENÇAIT À ME TROTTER DERRIÈRE LA TÊTE.

UNE FOIS DE PLUS, JE ME RETROUVAIS À SAINT-MICHEL.
UN RENSEIGNEMENT, PEUT-ÊTRE ?...

FLORIAN ? ÇA ALORS ! QU'EST-CE QUE TU FAIS LÀ ?
EH BIEN IL M'EST SOUDAIN APPARU QUE JE N'ÉTAIS PAS ENTRÉ DANS CETTE ÉGLISE DEPUIS FORT LONGTEMPS.
ET TOI ?
MOI ?... EH BIEN HEU...
PAREIL QUE TOI : IL M'EST SOUDAIN APPARU QUE...
... HEU... UNE PETITE IDÉE N'ALLAIT PEUT-ÊTRE PAS TARDER À ME TROTTER DERRIÈRE LA TÊTE.
TU PEUX M'EN DIRE UN MOT ?
UN MOT ?... MICHEL !
60

LEQUEL ? LE SAINT DE CETTE ÉGLISE, DE CETTE FLÈCHE... DU MONT-SAINT-MICHEL, L'ARCHANGE DES HAUTEURS, DES MONTS, DES MONTAGNES ?...
... OU MICHEL DE MONTAIGNE, ORIGINAIRE DE SAINT-MICHEL-DE-MONTAIGNE EN PÉRIGORD ET DONT LA DEMEURE BORDELAISE SE TROUVAIT À DEUX RUES D'ICI ?!
ALORS. MICHEL, SAINT-MICHEL, MONT, MONTAIGNE ?
DONC, SI LE MANUSCRIT AUTHENTIQUE DES ESSAIS EXISTE ENCORE ...
... IL EST DANS CETTE ÉGLISE. À NOUS DE LE TROUVER.
POURQUOI PAS DANS LA FLÈCHE ?
TROP NEUVE : AVANT SA RECONSTRUCTION DANS LES ANNÉES 1860 IL EN MANQUAIT LA MOITIÉ.
ALORS DANS UNE CHAPELLE ?
TROP BAS. ET TROP QUELCONQUE.

DANS LES PARTIES HAUTES ?
TROP HAUT.
DANS LE BUFFET D'ORGUE ?
OUI-MAIS-NON. IL FAUDRAIT QUELQUE CHOSE PLUS... HEU...
ENFIN MOINS... HEU... TU VOIS CE QUE JE VEUX DIRE !
JE VOIS. IL FAUDRAIT QUELQUE CHOSE COMME... HEU...
LA CHAIRE ?
LA CHAIRE !
LA CHAIRE.
62

DONC… LE MANUSCRIT, LE VRAI, EST LÀ-HAUT. ÇA NE PEUT PAS ÊTRE AUTREMENT.
C'EST UNE ÉVIDENCE.
ÇA SAUTE AUX YEUX.
IL SUFFIT D'ÊTRE UN PEU CLAIRVOYANT, VOILÀ TOUT.
ET PUIS IL Y A CE LIVRE QUE NOUS MONTRE UN ANGELOT !
LE DOUTE N'EST PLUS PERMIS.
MAINTENANT IL FAUT GRIMPER LÀ-HAUT. CLANDESTINEMENT.
JE NE SUIS PAS TOUT-À-FAIT SÛR D'EN ÊTRE CAPABLE.
PAS DE PROBLÈME. IL Y A JIBÉ…
UN COPAIN DE LYCÉE. SI ON LUI DIT QU'IL S'AGIT DE GRIMPER QUELQUE PART IL NE POURRA PAS REFUSER, SURTOUT SI C'EST INTERDIT.
DÈS LE LENDEMAIN NOUS AVIONS RENDEZ-VOUS DANS UN LIEU SÛR.

SALUT CAMARADES !
!
JIBÉ A TOUT DE SUITE ÉTÉ EMBALLÉ. EN SORTANT DU BAR, ON AVAIT UN PLAN :
ENTRER DANS L'ÉGLISE UN SOIR, SÉPARÉMENT. SE CACHER. SE LAISSER ENFERMER. AGIR EN PLEINE NUIT. SORTIR LE LENDEMAIN MATIN.
ET DONC, DEUX JOURS PLUS TARD...
FLORIAN A CHOISI UN CONFESSIONNAL FASTUEUX DANS UNE CHAPELLE DÉSAFFECTÉE,
MOI UN AUTRE, PLUS DÉPOUILLÉ.

POUR ÊTRE À PIED D'ŒUVRE JIBÉ A JETÉ SON DÉVOLU SUR LA CHAIRE.
AVANT DE PASSER À L'ACTION NOUS AVONS ATTENDU LE PLUS LONGTEMPS POSSIBLE.
ET PUIS...
ALLEZ !
65

ON DIRAIT QU'IL Y A QUELQUE CHOSE LÀ-DESSOUS.
DE QUOI S'AGIT-IL?
QU'EST-CE QUE C'EST?
À QUOI ÇA RESSEMBLE?
TU PEUX L'ATTRAPER?
J'ARRIVE.
VOILÀ
LUMIÈRE!
POLICE!
MAINS EN L'AIR!!!
ON NE BOUGE PLUS!

TIENS-TIENS, COMME ON SE RETROUVE ! MESSIEURS, JE CROIS QUE VOUS AVEZ QUELQUE CHOSE À ME REMETTRE...
MAIS... MAIS COMMENT ?!
C'EST TRÈS SIMPLE : UN AGENT VOUS A VUS ENTRER DANS L'ÉGLISE L'AUTRE JOUR.
JE ME SUIS DOUTÉ QUE CE N'ÉTAIT PAS POUR DES RAISONS TRÈS CATHOLIQUES. DONC, ENQUÊTES, FILATURES, SURVEILLANCES DISCRÈTES...
FICHTRE ! ON SE CROIRAIT AU K.G.B.
MES SOUPÇONS SE SONT CONFIRMÉS APRÈS VOTRE PETITE RÉUNION DE TRAVAIL AVEC "L'ESCALADEUR", UN INDIVIDU DÉJÀ CÉLÈBRE DANS CERTAINS DE NOS SERVICES.
BON. VOYONS LÀ-DEDANS CE QU'IL Y A.
DES TEXTES... ÉCRITS SUR UN GROS CAHIER... AVEC UN TITRE !!!...
68

JE VOUS LAISSE APPRÉCIER.
"SAISONS DE RUGBY 1954 À 1956 : LES MEILLEURS ESSAIS PAR... FRANÇOIS MAURIAC"!?!
APRÈS UNE FIN DE NUIT AU POULAILLER L'INSPECTEUR NOUS A LAISSÉ FILER.
IL EST VRAI QU'UNE FOIS DE PLUS IL N'AVAIT PAS GRAND CHOSE À NOUS REPROCHER, HORMIS LE FAIT D'AVOIR ÉTÉ UNE FOIS DE PLUS OÙ IL NE FALLAIT PAS.
ET UNE FOIS DE PLUS NOUS SOMMES ALLÉS AU CAFÉ DES ARTS ; EN INVITANT MADEMOISELLE DASHWOOD.

TOUT ÇA POUR DÉCOUVRIR QUE MAURIAC S'EST ESSAYÉ AU JOURNALISME SPORTIF, LUI ! UN ACADÉMICIEN !... PFF!
... ET QUI VENAIT DE RECEVOIR LE PRIX NOBEL DE LITTÉRATURE !
PEUT-ÊTRE QU'APRÈS S'ÊTRE RESSAISI IL A BALANCÉ CES "SCRIBOUILLAGES" SUR LE TOIT DE LA CHAIRE POUR QU'ILS SOIENT SYMBOLIQUEMENT POURFENDUS PAR L'ARCHANGE ?
DES ARTS
Bar
Brasserie
PELFORTH
POSSIBLE. IL CONNAISSAIT BIEN L'ÉGLISE : IL EST NÉ ET A GRANDI DANS LE QUARTIER.
CONSOLEZ-VOUS. VOTRE DÉCOUVERTE VA PERMETTRE DE PORTER UN REGARD NEUF SUR MAURIAC ET SON ŒUVRE.
CERTES
MAIS DIS-MOI ZAC, TU AS DÉJÀ LU MAURIAC, N'EST-CE PAS ?... ET MONTAIGNE ?...
HEU... PAS ENCORE. MAIS JE PROMETS DE FAIRE UN ESSAI.
ZAC

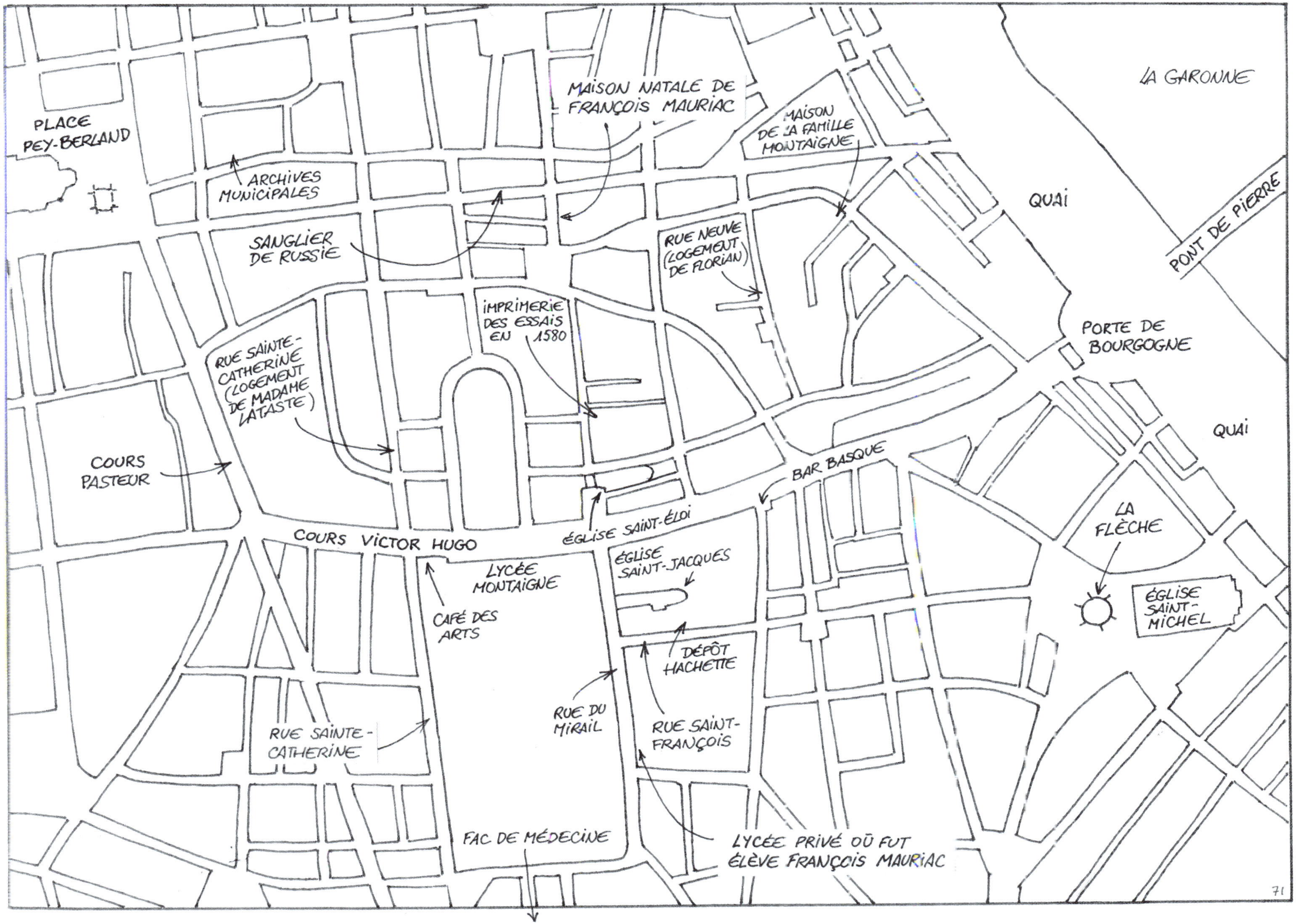

PLACE PEY-BERLAND
ARCHIVES MUNICIPALES
MAISON NATALE DE FRANÇOIS MAURIAC
MAISON DE LA FAMILLE MONTAIGNE
LA GARONNE
QUAI
PONT DE PIERRE
SANGLIER DE RUSSIE
RUE NEUVE (LOGEMENT DE FLORIAN)
IMPRIMERIE DES ESSAIS EN 1580
PORTE DE BOURGOGNE
RUE SAINTE-CATHERINE (LOGEMENT DE MADAME LATASTE)
COURS PASTEUR
QUAI
BAR BASQUE
COURS VICTOR HUGO
ÉGLISE SAINT-ÉLOI
LA FLÈCHE
LYCÉE MONTAIGNE
ÉGLISE SAINT-JACQUES
ÉGLISE SAINT-MICHEL
CAFÉ DES ARTS
DÉPÔT HACHETTE
RUE DU MIRAIL
RUE SAINTE-CATHERINE
RUE SAINT-FRANÇOIS
FAC DE MÉDECINE
LYCÉE PRIVÉ OÙ FUT ÉLÈVE FRANÇOIS MAURIAC

Remerciements à Yves Simone

LA GESTE

www.gesteditions.com

Par ce logo, nous témoignons d'une volonté de réduire les impacts environnementaux liés aux activités de l'imprimerie. Nous choisissons un imprimeur impliqué dans la réduction des gaz à effet de serre. Le choix de nos papiers assure que la production a été faite à partir d'un produit à base de bois et a suivi le cahier des charges d'une gestion durable des forêts européennes.
Achevé d'imprimer chez Jelgavas en Union européenne en mai 2023.

Mise en pages : Les ateliers Geste

Dépôt légal : 1er semestre 2023

11, rue Norman-Borlaug
79260 La Crèche
05 49 05 37 22
contact@gesteditions.com

?!
C'EST RARE MAIS PARFOIS SON CÔTÉ HOMME D'ACTION REPREND LE DESSUS.
IL ÉTAIT ENCORE TO
J'AVAIS LE TEMPS
ASQUE
I-MAIS-NON. IL FA
ELQUE CHOSE PLU
UN RENSEIGNE
PEUT-ÊTRE ?...